아무것도 하지 않아도 괜찮은

글·그림·사진 정은우

아무것도 하지 않아도 괜찮은

: 떠나올 때 우리가 원했던 것

위즈덤하우스

Malaga, Spain

Cracow, Poland

Munich, Germany

나는 바란다.

곧 여행을 떠날 당신이 자신의 눈으로 모든 것을 보기를. 남의 생각에 무릎 꿇지 말고 본인의 생각으로 세상과 맞서기를.

그래서 바란다. 당신이 반대편으로 가는 버스를 타고, 엉뚱한 방향으로 가는 지하철을 타기를. 막차를 놓치게 되고, 아주 터무니없는 길로 접어들어서 발바닥에 물집이 터지도록 걷게 되기를. 손짓, 발짓으로 주문한 음식이 상상도 못한 맛이기를. 서울에서 프린트해온 종이 뭉치와 스마트폰 따위는 깡그리 잊어버리는 여행이 되기를. 눈물이 날 만큼 힘들어 영원히 추억할 수 있는 이야기가 당신의 여행에 남기를.

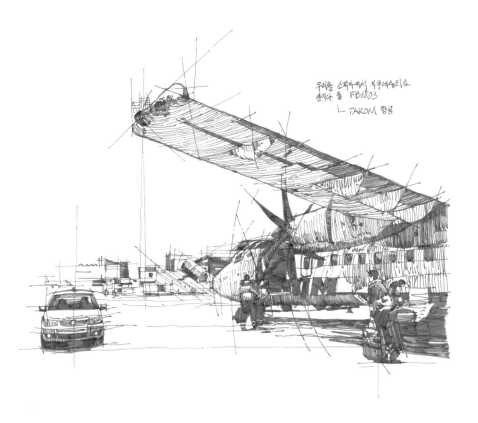

우리를 소피아에서 부쿠레슈티로
옮겨다 줄 FB1803
└ TAROM 항공

Bucharest, Romania

CONTENTS

1

지금 여기에 없는 답이
여행이라고 있을 리가

©nekotomori

Munich, Germany

#01

타인의 비난에서 자유로울 것.
이것을 떼어놓고 내 여행을 이야기할 수 있을까.

성공한 여행이란 없고, 실패한 여행 역시 없다.
어떤 이들은 책이나 인터넷에서 일러주는 대로 보고 느끼지 못하
면 자신을 실패한 여행자라고 여기는 듯하지만, 나만의 이야기가
가득한 여행이라면 누가 먹으라는 곳에서 먹지 않고 묵으라는 곳
에서 묵지 않아도 상관없다.
소셜미디어에 올라오는 수많은 여행지 정보를 따라 여행하고, 그
곳에서 찍은 근사한 사진에 숱한 '좋아요'를 받는 것이 우리 여행
의 진짜 목적은 아니니까.

내 삶이 나의 것이라면 삶의 일부인 여행도 나만의 것이어야 한다.

Havana, Cuba

사람들에게 가장 여행을 떠나고 싶게 만드는 사진을 고르라고 했
더니 근사한 풍경이나 맛있는 음식 사진 대신 비행기 탑승 직전
의 탑승구 사진을 꼽더라는 신문 기사를 읽은 적이 있다.
여행에서 우리가 진짜 원하는 것은 유서 깊은 건축물이나 웅위한
자연이 아니라 그곳에 무엇이 있을지도 모른다는 기대이다.

여행의 매력이란 무지無知에 다름없다. 사람, 도시, 길, 숙소 모두
내가 아는 것이라면 뭐가 재미있을까. 먼 곳으로의 여행은 내게
익숙한 모든 것을 무無로 만든다. 일상의 자질구레한 온갖 것들이
한번에 소멸해버리고, 나는 낯선 환경에 무방비하게 노출된다. 불
안하기도 하지만 이것이야말로 여행의 진짜 매력이다.

불안이 없는 설렘도, 그 역逆도 없기 때문이다.
불안과 설렘, 그 둘은 늘 함께한다. 불안을 즐기지 못하면 여행도
즐길 수 없다.

#03

보통 사람들은 최선의 상황들을 늘어놓고 그중 더 나은 쪽을 고르는 것이 선택이라고 여기지만 내 생각은 좀 다르다.

선택은 최악의 여건 중에 내가 견딜 수 있는 경우를 고르는 것이다.

여행 중에 우리는 예상치 못했던 날씨나 음식, 원치 않는 연착과 사고, 심지어 인종차별을 맞닥뜨릴지도 모른다. 물론 나는 누군가의 여행에 그런 불상사가 일어나지 않기를 바라지만 그런 일은 내 바람과 무관하다. 그럴 때 내가 참을 수 있는 것을 고르는 기준은 무척 중요하다.

얼마 전 비행기 안에서 영화「시네마 천국」을 다시 봤다.
영화를 좋아하기 때문에 자신도 아저씨처럼 영사기사가 되고 싶다는 토토에게 알베르토가 들려주는 이야기는 언제 봐도 인상적이다.

Nagasaki, Japan

"토토, 단지 영화를 좋아한다고 해서 영사기사를 할 수 있는 건 아
냐. 비좁은 곳에서 같은 영화를 하루에 스무 번도 넘게 봐야 해. 담
배 연기 때문에 건강도 나빠지고 여름엔 너무 덥고 겨울엔 너무 춥
지. 그래도 하겠니?"

인생에서 무언가를 결정해야만 할 때, 늘 이 장면이 떠오른다.

여행도 삶도 결국 선택이 포개진 결과이자, 그것이 옳았다는 것
을 정당한 모든 수단을 동원해 증명하는 과정이라고 생각한다.
중요한 것은 무엇을 선택하는가가 아니라 어떤 기준을 세웠는지
와 그에 따른 결과를 받아들이겠다는 각오이다.

#04

한때, 내 여행은 모눈종이 같았다.
보고 듣고 먹는 것을 하나라도 놓칠세라 촘촘히 즐기고 기록으로
남겼다.
뭘 그렇게 대단하게 느끼고 깨달으며 살아가려 했던 걸까.

하지만 언제부턴가 찍어서 남기거나 그려서 전하고 싶은 욕심이
많이 성글어졌고 그러다 보니 꼭 봐야 하는 것, 먹어야 하는 것들
의 숫자도 자연스레 줄었다.

이제는 그냥 기억할 수 있는 것들만 기억하고 만다.
그렇게 하자고 마음먹고 나니, 그런 것들만 남는다.

시시한 것, 떠올려도 아프지 않은 것.
그것들만 남기는 것은 그것대로 나쁘지 않은 여행의 기억법이다.

Osaka, Japan

#05

삶이 우리에게 주어진 과제가 아니듯, 여행도 우리에게 답을 줄수 없다.
오랫동안 여행하며, 여행의 방식은 조금씩 바뀌었다.
그때마다 보고 느끼는 것도 달라졌지만 예나 지금이나 한 가지 변하지 않은 점이 있다.
여행은 그냥 즐겁게 하는 게 최선.
그것이 내가 얻은 유일한 답이다.

지금 여기에 없는 답이 여행이라고 있을 리가.

Bangkok, Thailand

#06

한 번뿐인 청춘, 의미 있게 보내야 한다는 주장에 누가 감히 토를 달 수 있겠는가. 하지만 용기 내어 묻고 싶은 것이 하나 있다.
세상에 한 번뿐인 것이 어디 청춘만이냐고.
두 번 없는 인생이라면 까짓것 내 마음대로 한번 살아보는 게 그리 큰 흉이냐고.
내가 가진 시간, 쓸데없이 누리기도 하고 즐기기도 하면 안 되는 거냐고.

쓸데없는 여행을 하자.
그게 인간다운 여행이다.

Trinidad, Cuba

07

러시아 국립도서관의 원래 명칭은 '레닌도서관'이었다. 도서관 앞에는 엄청나게 큰 레닌 동상이 있었지만, 지금은 없다. 1990년대에 소련의 체제가 몰락하며 체제의 상징이었던 동상을 철거했기때문이다. 지금은 그 자리를 꾸부정한 자세의 도스토옙스키가 차지하고 있다.

그러고 보면 여행이란, 예전에는 있었지만 지금은 존재하지 않는
그 무엇에 관한 이야기를 듣는 일인가 싶기도 하다.

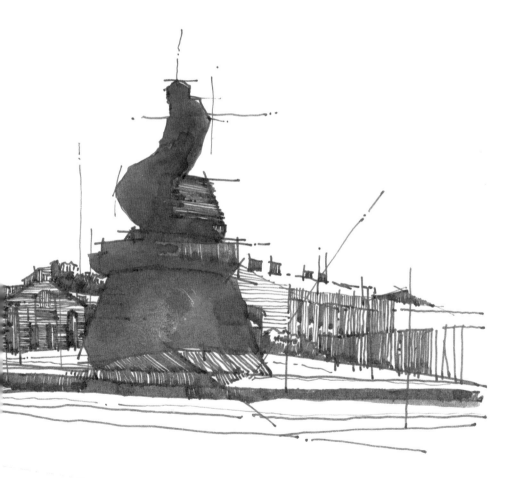

Kyoto, Japan

#08

여행이란 듣기에는 설레도 막상 해보면 대체로 고단한 것투성이다.
어쩌면 우리는 반짝이는 찰나를 위해 고단함도 감내하겠다는 각
오를 여행이라 부르는 것이 아닐까.

오랜 걸음에 지쳐 기대 없이 들어간 선술집의 맥주 맛이 기가 막
힐 수도 있고, 대충 허기나 달래려 들어간 곳에서 베니 굿맨의 스
윙 재즈곡을 실컷 듣게 되는 식으로.

Kitakyushu, Japan

Nagoya, Japan

#09

교토는 일본에서도 유네스코 세계문화유산을 가장 많이 보유한 도시이다. 물론 유네스코 인증이 한 도시의 문화 수준 전부를 결정하는 것은 아니다. 문화의 벽을 두껍게 만드는 진짜 힘은 그곳 사람들이 오랜 시간 아끼고 사랑한 사소하고 작은 것들로부터 온다. 이를테면 교토의 커피 같은 것 말이다.

난 교토가 가진 문화유산보다 그들의 일상을 둘러싼 커피가 있는 풍경이 더 부럽다. 어쩌면 그건 아주 사소하고 작은 것들일지 모른다. 하지만 그렇기에 더욱 따뜻하고 낭만적이다. 교토는 물론 파리나 로마처럼 커피가 떠오르는 도시가 여행의 추억도 풍부한 이유가 있는 것이다.

인간과 인간 사이에 나눌 이야기가 풍부해진다니, 우리 여행에 그것보다 좋은 게 있을까.

Kyoto, Japan

Kyoto, Japan

Kyoto, Japan

Budapest, Hungary

#10

우리 각자의 삶은 아주 얇은 페이지로 이루어진 매우 두꺼운 책
이다. 책이 전하는 보편된 메시지는 있겠지만 펼쳐보면 저마다
다른 이야기를 갖고 있을 수밖에 없다.

언제부턴가 '당신을 이해한다'라는 말을 쉽게 입에 담지 않는다.
타인을 이해한다는 것이 가능한 영역일까. 이해하려고 노력해보
는 것, 그 정도가 누군가의 고통을 마음으로 공감하려는 최선이
아닐까.

그리고 여행은, 그 노력을 현실로 옮기는 과정일 뿐일지도.

Hanoi, Vietnam

OM GA

HOIAN
Vietnam

#11

여행은 세상을 이해하려는 가장 훌륭한 노력이다.
그 노력은 여행지에 살고 있는 이들의 일상을 관찰하는 데에서
시작된다.

여행자는 자신의 낯섦을 그곳에서 살고 있는 이들의 일상과 맞교
환한다. 그렇게 그들의 일상을 받아들임으로써 새로운 것을 이해
하는 것이 바로 여행 아닐까.

 그 이해가 없이 좋은 여행이란 가능하지도, 바람직하지도 않다.

Havana, Cuba

Tokyo, Japan

#12

많은 곳을 다녔다. 더 나은 것을 보고, 듣고, 경험하려고 했다. 하지만 여행이 쌓일수록 여행에 옳은 선택 같은 건 없다는 확신만 가득해졌다.

중요한 것은 내게 나만의 여행 방식이 있는지, 그리고 그것을 얼마나 행하고 있느냐 정도겠지.

옳은 선택, 같은 것이 있을 리 없다. 정답이 있다면 세상은 온통 같은 모습의 여행뿐일 텐데, 그것은 얼마나 괴이한 풍경일 것인가.

2

그 여행에서 나는
아무것도 하지 않았다

Shizuoka, Japan

#01

그 여행에서 나는 아무것도 하지 않았다.
다만 해끔한 햇살 아래를 걷고 싶은 만큼 걸었고
걸었던 만큼 돌아오기를 반복했다.

평서문 같은 시간이었다.

그런 시간도
누군가에게는 간절하고,
충분히 만족스럽다.

Berlin, Germany

Glass cupola
You can walk Round free

#02

기차를 놓치고 말았다. 다음 기차 시간까지의 간격이 마치 영겁
처럼 느껴진 우리는 역이 있던 낯선 도시를 하릴없이 걷다가 보
기 좋게 길을 잃었다.
한참을 헤매다 보니 그동안 구글맵으로 목적지를 찾아다니던 내
여행 방식이 사실은 스마트폰 속에 들어 있던 경로를 확인하는
과정에 불과했다는 생각이 들었다.
닥치면 조금 당황스럽기는 하지만 길 잃기는 일부러 하려야 할
수 없는 경험이었다. 고의로 헤매려면 옳은 방향을 알고 있어야
하는데 알고 있던 길을 아예 못 찾을 수는 없고, 처음부터 몰랐다
면 일부러 잃어버린 것이 아니다.

난감하기는 했지만, 길 잃기는 우리에게 주어진 아주 특별한 경험이었고 그곳에 대해 두고두고 할 이야기가 생긴 셈이었다.

그때부터 여행은 좀 더 즐거워졌다.

Berlin, Germany

Barcelona, Spain

#03

한국이 잠들려는 시각, 스페인은 본격적으로 깨어난다.

스페인에서 만난 낯선 사람들과 나는 일면식도 없었다.
하지만 그저 서로의 시간이 달랐을 뿐 우리는 같은 공간을 살고
있는 사람들이다.
그런 생각이 들자 문득 낯선 도시가 한없이 친숙하게 느껴졌다.

여행의 묘미는 시간과 공간의 상대성을 발견하는 데 있을지도 모
르겠다.

Malaga, Spain

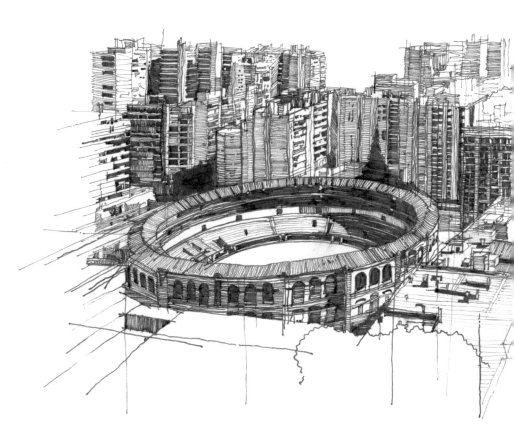

#04

바르셀로나에서 한참을 걷다 보니, 식사 때를 놓치고 말았다. 늦은 점심인지 이른 저녁인지 모를 시간. 토마토소스를 빵에 바른 '판 콘 토마테'라는 메뉴를 애피타이저로, 토마토소스를 끼얹은 바지락찜을 메인 요리로 먹었다. 낯선 음식에 설레는 한편, 익숙한 맛에 안도하는 내 모습은 매번 재미있다.

어느 나라를 여행하든 토마토소스를 기본으로 한 메뉴는 내 식성에 맞는다. 아마도 토마토와 간장에 공통적으로 들어 있는 글루탐산이라는 성분 탓일 것이다. 내 입맛은 오랜 시간 간장에 길들여졌으니까.

토마토소스 덕에 내가 어떤 음식을 먹으며 살아왔는지를 새삼 실감하고 잠시 웃었다.

전혀 다른 환경에 놓여 두려움과 설렘을 느끼는 동시에 내가 살아 있음을 확인하는 과정이 여행이다. 동시에 낯섦 속에 마주하는 익숙함으로 내가 지내온 환경을 돌아보는 것 역시 여행이다.

그게 고작 간장이나 토마토일지라도.

Santiago de Cuba, Cuba

Churchill, Canada

#05

캐나다 북부에 위치한 처칠은 마을 속 골목길을 일렬로 모두 펼쳐도 그 길이가 20킬로미터를 넘지 못한다고 할 만큼 작은 마을이다.

빠르게 변하는 도시의 삶에 익숙한 이방인들에게는 어제가 오늘 같고 내일이 오늘 같을 마을. 하지만 비슷해 보이는 초록 수풀도 들여다보면 같은 색이 아니듯 똑같은 날은 하루도 없었다. 사흘 만에 단골이 된 베이커리의 커피 맛, 홍시를 터뜨린 듯한 노을의 색, 바닷가의 짭짤한 냄새 같은 것들. 우리에게는 모든 것들이 매일 달랐다.

우리는 처칠의 거리를 걷고 또 걸었다.

시시한 것은 없었다. 다만 시시한 마음이 있었다.

매일매일이 조금씩 달랐으므로 그걸로 충분했다.
떠나올 때 우리가 원했던 것은
이곳과 다르기만 하면 된다는 마음뿐이었으므로.

#06

불가리아의 수도인 소피아를 여행한 적이 있다.

6천 년의 역사와 전설을 간직한 소피아는 도시 전체가 하나의 거
대한 유적지였다. 로마와 견주어도 손색이 없을 것 같았다. 오스
만과 러시아 사이에 벌어진 전쟁에서 불가리아를 위해 전사한 2
만여 러시아 병사의 위패를 안치한 알렉산데르 네브스키 교회 건
물과 그 주변으로 넓게 펼쳐진 로마 시대 포석길, 비잔틴제국 시
절의 성당, 오스만제국 시절 천재 건축가 시난이 설계했다는 모
스크, 불과 30년 전까지 체제의 위상으로 선전되었을 거대한 공
산당 본부 건물까지. 시루떡처럼 쌓아 올린 다양한 시대의 불가
리아 역사가 놀랍게도 모두 걸어서 구경할 수 있는 거리에 적당
히 흩어져 있었다.

그런 점에서 소피아는 한마디로 걷기를 유혹하는 도시였다.

하지만 거리를 걸으며 구경하는 해찰은 여행자만이 누릴 수 있는
특권이기도 했다. 불가리아인에게 이곳은 어제와 오늘, 그리고 내
일이 다르지 않은, 삶의 현장일 것이다.

Sofia, Bulgaria

Sofia, Bulgaria

여행자인 우리는 그 사실을 깨닫는 것만으로 충분했다. 악착같이 사진을 찍어 남기고 소셜미디어에 올리는 것은 그곳에 진정으로 살 수 없는 사람들의 몸부림일지 모른다.

그것을 인정하자 비로소 나는 여행자라는 생각이 들었다.

그제야 나는 오롯이 편안해졌다.

Sofia, Bulgaria

#07

대륙횡단열차를 탄다는 것은 무를 수 없는 무료無聊의 길로 들어
선다는 뜻이다.

캐나다 국영열차 비아레일의 중부 위니펙과 북부 처칠을 이어주
는 노선 역시 매우 지루했다.

"이동 거리는 총 1,700킬로미터입니다."

직원은 나를 보며 그렇게 말했다. 나는 거리보다도, 그 거리를 아
무렇지도 않게 내뱉는 그의 태도가 조금 생급스러웠다. 마치 여
의도역에서 갈아타고 애오개역쯤에서 내리시면 된다는 투였다.
1,700킬로미터도 가늠이 안 되는데, 그게 고작 그 나라 땅의 반의
반조차 되지 않는다는 사실은 숙소로 돌아와 지도를 펼쳐보고서
야 알게 되었다. 그 시간 동안 무엇을 할까 생각해보니 책을 읽는
것 외에는 달리 할 일이 없었다.

톰슨은 그 무료한 대륙횡단열차의 중간 기착지다. 가져간 책만
거북이처럼 읽던 나는 톰슨역이 덜컥 반갑기까지 했다. 구리 광
산이 발견되면서 급조된 이 도시는 느릿한 열차 여행의 분위기를
깨지 않으려는 듯 한산한 풍경을 하고 있었다.

Thompson, Canada

심심했으나 그래서 우리는 톰슨에서 편안했다. 어느 정도 편안했느냐 하면, 그냥 여기서 더 가거나 말거나 상관없게 느껴질 정도였다. 할 일이 빼곡하게 적힌 여행을 하는 이들에게는 너무 부자연스러운 것이겠지만 뭔가를 보고 남겨야 하는 여행과는 무관한 빈둥거림을 우리는 원하고 있었다.

확실히 그것은 빈둥거림이었고, 일종의 허송세월이었다. 그러나 그것이 바로 내가 바라던 것이기도 했다.

나는 캐나다에서 시간을 헛되이 보내는 것이 좋았다. 가능하기만 하다면 늙어 죽을 때까지 그러고 싶었다. 자극적인 행복은 없었지만 그곳은 내게 꼭 맞는 옷 같았다.

Thompson, Canada

#08

캐나다 대륙횡단열차의 중간 기착지 톰슨역.

기차가 출발하기까지 네 시간 넘게 남았고 우리는 할 것도, 가진 것도 없었다. 너무 많이 사버린 체리 말고는.

과육이 꽉 찬 체리를 먹기 시작했을 때 뭔가 의미 있는 일이 하고 싶어졌고, 그렇게 그녀와 나는 의미(까지는 모르겠고 그냥 먹는 것보다는 재미가) 있는 체리 씨 멀리 뱉기 놀이를 시작했다.
첫 사격을 앞두고 사로射路에 들어선 훈련병처럼 떨리는 마음으로 체리를 집어 들었다. 승부라고 생각하니 더 이상 아까 먹던 평범한 체리가 아닌 것 같았다. 체리 씨 멀리 뱉기는 입을 약간 오물거리다 말고 씨를 '퐁' 하고 내뱉는 것이 전부인 다소 처량한 놀이였고 씨는 생각보다 멀리 날아가지 않았지만 그녀와 나는 계속해서 기록 경신을 위해 체리를 집고 우물거린 후 쏘는 행위를 반복했다.

체리는 많았고 대륙은 넓었다.
한참을 승부에 몰입하고 있을 때 그녀가 말했다.

"진짜 휴가 같다."

그 순간 모든 것이 한눈에 들어왔다. 내가 지금 무슨 이유로 여기
에 왔는지 알게 되었다.
단단한 철로 침목 사이로 돋아난 패랭이꽃과 왠지 추운 지방이
어울리는 자작나무, 폭죽처럼 터지는 햇살과 볼에 와닿는 달고
시원한 바람.

한껏 웃고 떠드는 그녀와 나, 그리고 그런 우리를 아무도 신경 쓰
지 않는 주변의 여유로움.

Thompson, Canada

그랬다. 그곳은 일급 리조트도 별천지 같은 쇼핑센터도 없는 시골 마을이었지만 그래서 체리 씨를 멀리 뱉어낼 수 있는 곳이기도 했다.

앞으로 남은 내 삶에 그토록 진지한 표정의 체리 씨 멀리 뱉기 놀이는 없을 것이다.
그제야 내가 휴가를 떠나왔다는 사실이 실감 나면서 마음속에 피가 돌았다.

Thompson, Canada

#09

불가리아의 수도 소피아에서 승용차를 이용해 북동쪽으로 한 시간 반을 달리면 릴라산에 위치한 릴라수도원이 보인다.
릴라수도원은 유럽에서 가장 오래된 수도원이다. 하지만 단지 유서 깊다는 이유만으로 가볼 만한 것은 아니다. 오래된 것들이야 다른 유럽 국가에도 지천으로 널려 있지 않은가.

그곳이 특별한 이유는 오랫동안 쌓여온 마음 때문이다.

Kyustendil, Bulgaria

릴라수도원
1983年 세계문화유산지정

프레오탑
대지진나 화재에도
살아남은 탑
(높이는 25M)

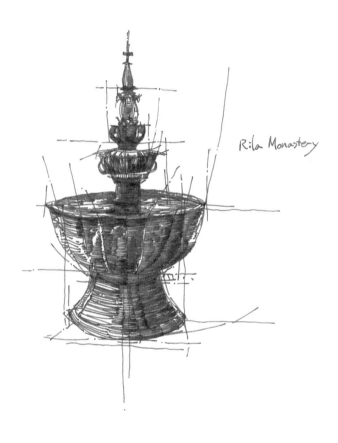

Rila Monastery

Kyustendil, Bulgaria

불가리아를 500년 가까이 지배했던 오스만제국은 이 수도원을 끊임없이 습격하고 파괴하려 했는데 불가리아인들은 그때마다 이곳을 재건하고 일으켜 세웠다고 한다. 릴라수도원은 신앙이란 의무감 위에 시간의 켜가 덧칠되면서 지금의 전율을 완성한 셈이다.

아름다움은 그저 오래된 것에 있는 게 아니라 오래도록 지켜낸 마음자리에 있었다.

#10

스페인 여행에서 어느 도시가 가장 좋았냐는 물음에 곰곰이 생각하다 마드리드를 꼽았다. 호안 미로의 작품이 지천이던 바르셀로나나 남부 스페인 바다를 파란 쟁반의 은구슬같이 품은 말라가가 근사하지 않았던 것은 아니다.
내가 마드리드를 선택한 이유는 그곳에서 많이 웃었기 때문이다.

삶이 너절할수록 간절해지는 것이 여행이다.
여행하고 싶다는 바람도 한 꺼풀 벗겨보면 웃고 싶은 마음에 다름없을 것이다.

Madrid, Spain

#11

베를린에서 유독 눈길을 끄는 것 중 하나는 전봇대였다. 엄밀히 말하면 전봇대 기둥에 겹겹이 붙은 포스터.

도무지 언제부터 붙이기 시작했는지 짐작조차 할 수 없는 포스터 뭉치를 보고 있으니 곁에 있던 처가 "베를린에는 포스터나 스티커를 제거하고 다니는 사람들이 없어서 이런 풍경이 연출되는 것"이라고 알려주었다.

그 말이 사실이라면 전봇대에 붙은 포스터를 훑는 것만으로도 베를린이란 도시의 역사를 어느 정도 짚을 수 있을지 모른다.

그러고 보니 그 모습이 마치 고대 지층처럼 보이기도 했는데 한편으로는 세상의 다른 전봇대와 나누어 질 짐을 베를린 전봇대 혼자 몽땅 짊어진 것 같기도 했다.

도시의 시간은 지금도 흐르고 있고 앞으로도 흐르겠지만 그 정서를 체감하기란 쉽지 않다. 그런데 베를린의 시간만큼은 포스터란 구체적 모습으로 흐르고, 쌓이고 있었다.

우리는 페스트리 빵 속 같은 포스터 더미를 우두커니 바라보다 가던 길을 내처 걸었다.

Berlin, Germany

#12

베트남에는 그 나라의 역사를 보여주는 인상적인 곳들이 많다. 하지만 내 기억에 가장 남은 곳은 호치민의 마지막 거처이다.

호치민은 대통령 궁이 지나치게 호화롭다며 이곳으로 거처를 옮겼다. 한 민족의 영웅이 머물던 곳이라기에는 매우 소박한 모습이다. 자신을 위한 어떤 사치도 부리지 않았던 그의 유일한 취미는 이곳에 딸린 연못가에서 담배를 피우며 잉어 밥을 주는 것이었다. 그는 권위적이란 이유로 '주석主席'이라는 표현조차 싫어했다.

흔히 지도자는 꿈과 욕심과 행동이 모두 하나로 일치된 삶을 살아야 한다지만 막상 그렇게 살기란 쉽지 않았을 것이다.

그래서일까. 역사를 배제하고 여행하는 것은 자유이지만 호치민을 생각하지 않는 베트남 여행이 아무래도 앙상해 보이는 것은.

Hanoi, Vietnam

호치민은 살아생전 차선의 시선을 베트남국토에
나누어 물어 담아고 유언했으나, 현재는 바딘광장에서
방부처리되어 있음.

호치민이 사후 꼭 묻러가거한 생가
하루에 다섯갑의 담배을 태움.

Hanoi, Vietnam

베트남 특유의 필로티가옥은 뱀이 올라오거나 하는것을
방지하고 저열을 낮춘다.

Hanoi, Vietnam

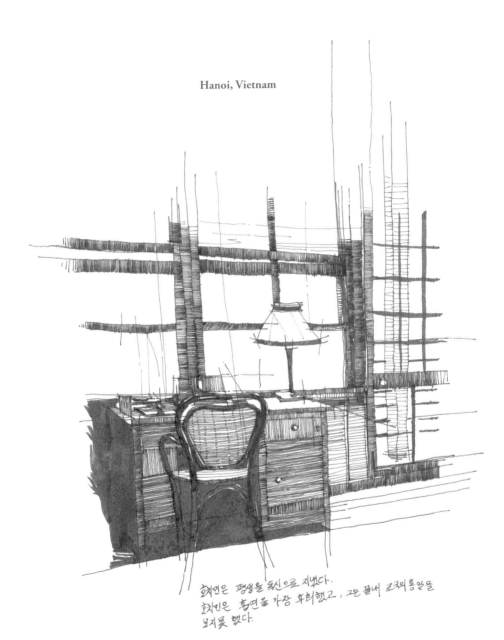

회연은 평생을 독신으로 지냈다.
회연은 측면을 가장 후회했고, 그는 끝내 조각의 롱임을
보지 못 했다.

3

우연처럼 운명처럼 일상처럼

©nekotomori

Madrid, Spain

#01

이곳 마드리드의 해는 일찍 뜨고 오래 간다.
숙소 근처 카페에서 대충 아침을 먹고 프라도미술관으로 향했다.
벨라스케스의 「시녀들」을 보고 싶었다.

지갑 속 지폐처럼 구겨진 채로 열 몇 시간을 날아와 한다는 소리
가 겨우 "직접 보니 좋더라"뿐이라니 조금은 억울했지만, 막상 그
림 앞에 서니 그 말 외에 따로 더할 것이 없었다.

'마드리드를 방문할 이유는 벨라스케스뿐'이라던 화가 마네만이
내 심정을 이해할 것이다.

#02

에드워드 호퍼는 내가 가장 사랑하는 화가다. 순전히 그의 작품을 많이 볼 수 있다는 이유만으로 우리는 뉴욕으로 향했다.

호퍼는 유난히 우울하고 외로운 풍경을 많이 그렸지만 그의 삶은 그림 분위기와 아주 달랐다. 그는 에곤 실레처럼 화단의 기린아는 아니었지만 적당한 부와 명성을 누리다 생을 마감했고, 평생 뉴욕 맨해튼에만 머물렀으니 샤갈처럼 방랑자도 아니었다. 모딜리아니 같은 비극적인 사랑 이야기도 호퍼에게는 없다.

그의 삶에 드라마가 있다면 평생을 같이한 아내 '조 호퍼'다. 둘은 모든 여행을 함께했고 영화나 책을 본 후에는 밤새 작품에 대해 이야기를 나누었다고 한다.

호퍼는 어느 날 자신의 작업실 의자에 앉아 조용히 숨을 거두었다. 조 호퍼는 남편의 그림 2,500점을 수습해 뉴욕 휘트니미술관에 기증했다. 무명의 호퍼를 가장 먼저 알아봐준 데 대한 보답이었다. 호퍼의 작품 정리를 꼼꼼히 끝마친 조는 호퍼가 떠난 지 불과 1년 만에 거짓말처럼 숨을 거둔다. 그녀 사후에 발견된 일기장에는 이렇게 적혀 있었다.

New York, U.S.A

천공에는
프랑스 미술가가 그린
/2별자리가 그려져 있다.

New York, U.S.A

의자에 앉아 있는 에디가 곧 숨을 거둘 것을 알았다. 나는 에디의 손을 잡고 이렇게 물었다. "따라갈까?" 그는 말없이 웃기만 하곤 눈을 감았다.

우리는 센트럴파크를 산책하며 에드워드 호퍼와 조 호퍼에 관한 이야기를 나누었다. 그녀는 내게 자기가 죽으면 당신 삶도 어차피 의미가 없으니 따라오는 것이 어떠냐고 물었다. 문제에 정답이 있음을 간파한 나는 그게 좋겠다고 답한 후 그럼 내가 죽으면 당신은 어쩌겠느냐 물었다. 그녀는 잠시 생각하다 말고 "그래도 뭐, 산 사람은 사는 게 좋겠지"라며 웃었다.
나는 덩달아 웃었다. 유쾌했다.

누가 왜 사냐고 물으면 이 맛에 산다고 답하고 싶을 만큼.

#03

도시가 품고 있는 박물관과 그 속의 작품들을 도시의 역사와 무관하게 감상하기란 쉽지 않다.

지난여름 러시아의 예르미타시미술관에 다녀왔다. 세계 3대 박물관이기도 한 이곳은 러시아 역사의 유일한 여제 예카테리나가 가진 콤플렉스의 결과물이기도 하다.

다른 유럽 국가에 비해 러시아의 문화 수준이 낮다고 생각하고 그에 열등감을 가졌던 예카테리나는 가치 있다고 여겨지는 모든 작품을 닥치는 대로 긁어모아 예르미타시를 채웠다.

St. Petersburg, Russia

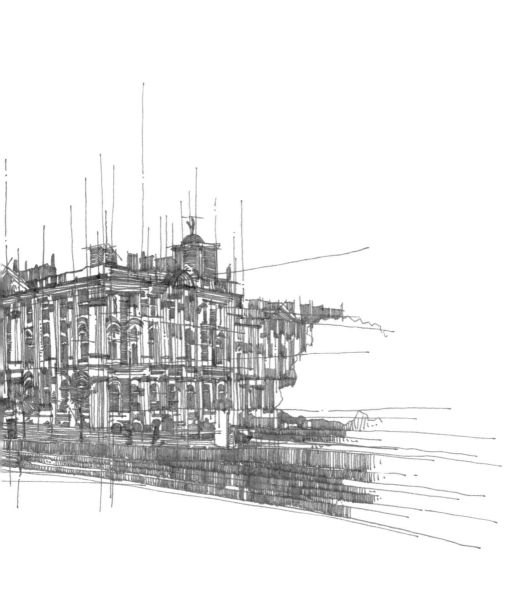

수집에 특별한 원칙은 없었지만 그렇다고 취향마저 없는 것은 아니어서 미술관을 가득 채운 루벤스와 렘브란트의 작품 등은 덕후의 마지막 꿈이 '박물관'이었음을 잘 보여준다.

동서고금을 막론하고 특정 분야에 몰두하는 사람들은 가끔 이렇게 놀라운 결과를 낳는다.
여행은 현실과 역사를 보기 좋게 잇대는 창구이기도 하다.

St. Petersburg, Russia

예카테리나 여제

안톤체홉
작품의 초연.

#04

여행지에서 어떤 형태로든 맞닥뜨리게 되어 있는 것이 바로 건축이다. 문제는 웅위한 건축 앞에서 지레 종종걸음으로 물러서는 우리다. 무언가 어려운 역사적 배경이 있겠거니, 건축가의 큰 소명이 있겠거니 하면서 말이다.

하지만 그럴 필요 없다.

건축을 디자인하는 것은 건축가가 맞을지 몰라도 그것을 쌓아 올리거나 그곳에서 지내는 사람들은 결국 그 도시의 시민들이다.

유명 건축물은 도시가 지닌 수많은 이야기 중 하나일 뿐이다.

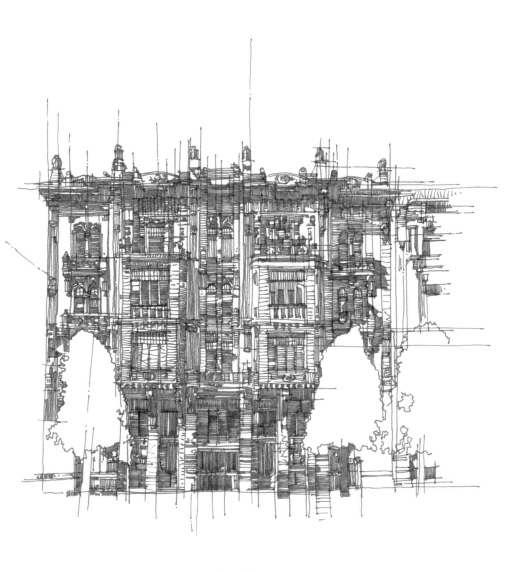

Riga, Latvia

#05

기차는 아무 새로운 소식도 없이
나를 멀리 실어다 주어

봄은 다 가고— 동경 교외 어느 조용한 하숙방에서, 옛 거리에 남
은 나를 희망과 사랑처럼 그리워한다.

– 윤동주, 「사랑스런 추억」 중에서

Kamakura, Japan

Kamakura, Japan

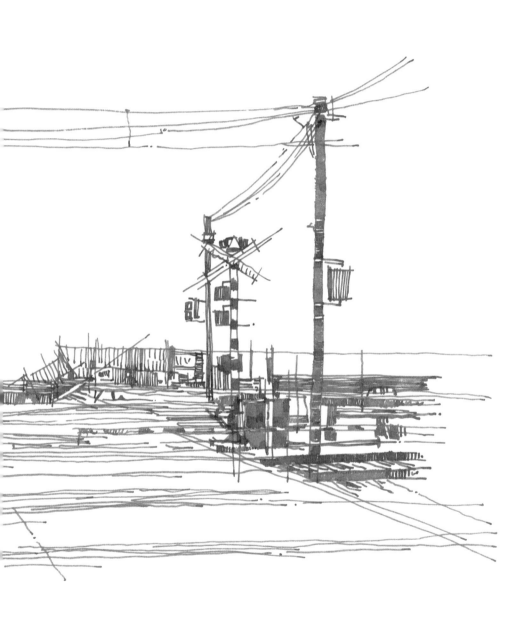

도쿄에서 차로 한 시간이면 해변 마을 가마쿠라에 도착한다. 윤동주가 다녀간 교외가 혹시 이곳이 아닐까 싶을 만큼 조용한 곳이다. 작은 마을 가마쿠라는 만화『슬램덩크』의 배경이 되면서 유명해졌다. 특히 만화 속에 등장하는 '가마쿠라코코마에역'은 여전히 만화의 추억을 잊지 못하는 어른들의 발걸음이 끊이지 않는다. 숨 가쁘게 사느라 자기 안의 아이를 잊고 살았던 그들의 표정은 이곳에서 하나같이 밝고 편안하다.

세상이 쓸모없다 여긴 것들, 어른이 된 아이는 그 시시함 덕분에 숨통을 트고 사는 건 아닐까.

앞서 소개한 윤동주의 시는 이렇게 끝난다.

"—아아 젊음은 오래 거기 남아 있거라."

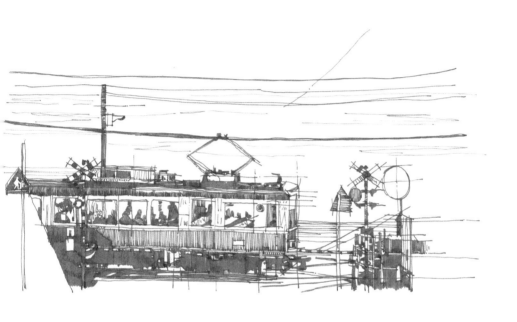

Kamakura, Japan

1960년 1월 4일 오후 2시경, 파리에서 멀지 않은 마을 어귀. 육중한 가로수를 자동차 한 대가 들이받았다. 운전자와 동승자는 현장에서 즉사. 운전자는 프랑스 최대 출판사 갈리마르의 대표 '미셸 갈리마르', 동승자는 3년 전 노벨상을 수상한 작가 '알베르 카뮈'였다.

알베르 카뮈 향년 46세. 절친한 친구 갈리마르의 권유로 그의 차를 얻어 탄 카뮈의 주머니에서 사용하지 않은 파리행 열차표가 발견되었다.

카뮈는 파리에서의 삶을 좋아하지는 않았지만 루르마랭에는 특별한 애정을 보였다. 고향 알제리에서 벌어진 전쟁과 문단에 대한 혐오감으로 극도의 무기력에 빠진 카뮈에게 다시 펜을 잡을 수 있도록 영감을 준 곳이 바로 루르마랭이었기 때문이다.

MADAME
ALBERT CAMUS
NÉE
FRANCINE FAURE
1914-1979

Lourmarin, France

1959년 5월의 어느 날 쓴 그의 일기에는 이렇게 기록되어 있다.

　최초의 인간을 쓰기 시작했다. 이 마을과 이 마을의 고독, 이 마을
　의 아름다움에 감사한다.

카뮈가 루르마랭에 머문 것은 고작 1년 남짓이었다. 하지만 그는
이 고장을 프랑스 그 어느 도시보다 사랑했다.

한때 미테랑 대통령은 카뮈의 유해를 프랑스 국민 영웅들이 안
장되어 있는 판테온으로 옮기자고 제안했지만 그의 아들은 반대
했다. 루르마랭에 묻어달라는 고인의 유언도 있었지만 이미 위대
한 아버지가 (판테온에 안치된다고) 더 위대해질 것도 없다는 이유
였다.

이보다 '당연하게 멋진 거절'을 나는 아직 알지 못한다.

#07

나는 루르마랭으로 신혼여행을 다녀왔다. 카뮈를 사랑하는 아내의 제안이었다. 인상주의 화가들도 사랑했던 그 마을은 그야말로 '볕의 고장'이었다. 사방에서 빛이 산산이 부서지며 올리브 나무를 가득 비추고 있었다. '너무 아름답다'라는 진부한 표현 외에는 그 풍경을 묘사할 방법이 없었다. 그곳에서 우리는 카뮈의 흔적을 찾아 다녔다.

알베르 카뮈는 마을에서 그다지 멀지 않은 공동묘지에 그의 아내 프랜신 카뮈와 나란히 안장되어 있다.

죽음이 갈라놓을 때까지 사랑하겠노라 쉽게들 맹세하지만 정작 죽음이 흔해진 시대에는 죽음을 차마 입 밖으로 내지 못한다. 카뮈가 살았던 2차 대전 당시의 유럽이 그랬다. 카뮈의 표현을 빌리자면 당시 프랑스는 '이별이 일상, 재회는 기적, 행복은 우연'인 곳이었다. 레지스탕스였던 카뮈도 전쟁이 끝날 때까지 부인과 알제리, 프랑스에서 떨어져 지냈지만 지금은 루르마랭의 공동묘지에 나란히 누워 있다. 프랑스 출판 역사상 깨지지 않는 베스트셀러 기록을 가진 대작가의 무덤치고는 매우 소박한 모습으로.

Lourmarin, France

Lourmarin, France

죽은 후에야 편안히 아내와 함께하는 카뮈를 보고 있자니 '죽음
이 갈라놓을 때까지 사랑해'라는 식의 비장한 맹세들이 농담처럼
느껴졌다. 사랑이 흔해지면 표현만 과격해지는가 보다.

그저 매일 인사를 주고받을 수 있다는 것.
그것만으로 소중하고 애틋하게 여기며 살고 싶다.

08

바르샤바 시내 곳곳에는 쇼팽의 벤치가 있다. 벤치를 찾아다니는
산보만 해도 그 재미가 제법 쏠쏠하다.

우리는 쇼팽 벤치가 보일 때마다 앉았다 일어나기를 반복했다.
각각의 벤치에는 쇼팽에 얽힌 이야기가 적혀 있었고 버튼을 누르
면 쇼팽의 곡이 흘러나왔다. 어떤 벤치에서는 녹턴이, 어떤 벤치
에서는 프렐류드가 흘러나오는 식이었다. 우리가 가장 오래 머문
곳은 에튀드 벤치였다. 맑고 낮은 피아노 소리를 듣고 있으면 언
제나 마음이 한가해지는 법이니까.

별것 아닌 것 같아도 여행에서 이런 순간은 쉽게 찾아오지 않는다.

Warsaw, Poland

풍경의 변화를 집요하게 포착하려고 했던 인상주의는 기차와 함께 발달했다. 기차는 미술 분야뿐 아니라 당시 유행하던 추리소설에도 많은 변화를 불러일으켰다. 시간 개념이 없던 유럽인들에게 역 앞마다 세워진 시계탑은 '알리바이 트릭'이라는 추리소설 장르를 보급하는 계기가 되기도 했다.

기차역 하면 떠오르는 대표적 추리물은 누가 뭐래도 애거사 크리스티의 『오리엔트 특급 살인』일 것이다. 추리소설의 영원한 고전인 이 작품은 이스탄불의 시르케지역에서 탄생했다. 애거사 크리스티는 터키 여행 중에 영감이 떠올라 시르케지역 앞 호텔을 잡아놓고 『오리엔트 특급 살인』을 저술했다고 한다.

소설은 당시 런던과 이스탄불을 연결하던 초호화 열차를 배경으로 하고 있지만 이제 이곳은 더 이상 국제노선을 운행하지 않는다. 한때 이스탄불에서 가장 화려했을 것이나 이제는 국제노선이 사라져 몇몇 여행객만 오가는 역사驛舍 풍경은 고졸하고 담백하다.

Istanbul, Turkey

Istanbul, Turkey

영원한 것은 없다. 미래에 일어날 모든 일은 결국 과거의 일부가 된다. 미래가 세련됐다거나 과거는 낡았다는 말이 아니다. 모든 것은 있는 그대로 괜찮다는 뜻이다.

석양 무렵에 말갛게 드러나는 지금의 역사 모습도 화려함 못지않게 충분히 아름답다.

#10

아일랜드 소설가 브람 스토커의 『드라큘라』는 무수히 많은 여행객을 소설의 배경인 루마니아로 불러들였다.
특히 브라쇼브의 '브란 성城'은 마치 드라큘라의 실제 거처인 듯 묘사된 바람에 해마다 몇백만 명의 관광객이 전설을 좇아 이곳을 찾는다.

1388년, 마을 입구 가파른 언덕에 세워진 이 성의 본래 목적은 물론 드라큘라의 거주가 아니었다. 성을 통과하는 상인들에게 세금을 징수하고 오스만으로부터 도시를 방어하기 위함이었다. 심지어 성 어디서나 내려다보이는 아담한 안뜰은 이곳이 왜 왕실의 여름 별장으로도 사용되었는지 알려줄 정도로 아름답다.

Brasov, Romania

Brasov, Romania

Brasov, Romania

사실 소설가 브람 스토커는 살아생전 루마니아를 한 번도 방문해 본 적이 없다고 한다. 어떤 이야기를 위해 특별한 여행 경험이 꼭 필요한 것은 아닌 것이다.

셰익스피어는 덴마크나 이탈리아 근처도 가보지 못했지만 『햄 릿』과 『로미오와 줄리엣』을 쓰지 않았는가.

그런 대문호들의 작품 덕분에 체험과 영감 중 문학이 어떤 영역 에 발을 걸치고 있는지는 영원한 논쟁거리가 되었다.

나는 그 논쟁에 어떤 편도 들고 싶지 않다. 다만 영감에서 비롯된 이런 문학 작품이 훗날 독자들로 하여금 그 나라를 동경하게 하 고 찾아오게 한다는 사실이 그저 흥미로울 뿐이다.

#11

'이육사 작은 문학관'은 대구에 변변찮은 문학관이 하나도 없다는 것을 안타까워한 어느 교수가 사비를 털어 만든 곳이다. 하지만 많은 이들이 이곳의 존재에 대해서 잘 알지 못한다.
해외 여행지에서는 작은 박물관 하나 놓칠세라 바쁘게 여행하는 모습을 떠올리면 아쉬운 마음마저 든다.

국내 여행은 여행이라 여기지 않는 사람들이 있다. 비행기 표와 여권이 주는 설렘이 없기 때문일 것이다.
이국의 낯섦을 보는 것도 좋지만 주변을 둘러보는 것 역시 훌륭한 여행이 될 수 있다. 잘 알고 있다 여기던 것들을 새삼스레 살펴보고 새로운 사유만 할 수 있다면 말이다.

내 주변을 객관적으로 파악하기란 정말 어렵다. 너무 가깝기 때문이다. 하지만 나는 더 많은 사람이 국내 여행을 해외 여행하듯 다녔으면 좋겠다. 그것이 내가 잘 안다고 믿었던, 그래서 알려고 하지 않았던 것들을 제대로 보게 되는 방법이다.

Gwangju, Korea

Seoul, Korea

Kyoto, Japan

#12

일본의 대문호 나쓰메 소세키가 학교에서 영어를 가르칠 때의 일이다. 한 학생이 'I love you'라는 문장을 '너를 사랑해'라고 해석하자 나쓰메 소세키는 그 뜻을 '달이 참 예쁘네요'라고 정정해주었다고 한다.

영국 유학까지 다녀온 소세키가 I love you의 뜻을 몰랐을 리 없다. 모르긴 해도 직설적인 것은 촌스럽다고 여기는 문학가 특유의 낭만적 성정 탓이거나 아직은 그런 말이 낯간지러웠을 메이지 유신 시절 사람이었기 때문이리라.

교토를 산책하던 중 보름달을 올려다보며 "달이 참 예쁘다"라고 소리 내 말해보았다.

사랑은, 또는 사랑 비슷한 것들은 곧이곧대로 말한다고 다 좋은 것이 아니다. 세상에는 숙성돼야 맛있는 음식이 있듯 한 번 더 생각해봐야 제대로 그 맛이 전달되는 감정도 있다.

달은 모르고 있겠지만.

4

결코 만날 일 없는 것들이
만나면서 생겨난 소란

#01

봄의 사가는 벚꽃만큼 볕도 휘황하다.

나는 오래전부터 햇빛이 망설이지 않고 드나드는 서재를 가지고
싶었다. 이를테면 햇살로 주름을 친 듯 환한 서재. 창으로 흘러든
햇빛이 책 구석구석을 비춰주기를 바랐다. 규슈 북부에 위치한
사가에서 우연히 방문한 도서관이 그런 모습이었다.

낯선 곳에서 도서관을 구경하는 것이 취미라지만, 책이 아니라
햇살 구경만 하고 돌아서도 얼마든지 만족스러울 수 있다. 마음
속에 날 서 있던 어떤 것들이 금세 녹기 때문이다.

여행이란 원래 그러라고 하는 것 아닌가.

Saga, Japan

#02

바르셀로나 여행 때는 수첩을 따로 챙겨 가지 않은 탓에 작은 영수증이며 미술관 티켓 따위를 닥치는 대로 모아 생각날 때마다 그 뒷면에 끼적였다. 아이폰이 출시된 지 올해로 10년이라는데 나는 도무지 스마트폰에 메모할 생각이 들지 않아 종이와 펜부터 찾는다(이 글은 분명히 2017년에 쓰였다).

아직도 미련하게 펜과 수첩을 들고 다니느냐고 누군가는 지청구를 주었지만 나는 인간이 존재하는 이상 인간적인 것은 사라지지 않는다고 여전히 생각한다.

Hong Kong, China

#03

소셜미디어에는 '죽기 전에 가봐야 할 여행지'나 '여름에 가면 좋은 여행지' 같은 콘텐츠가 하루가 멀다 하고 올라온다.
이런 것들을 볼 때마다 조금 이상하다.
내가 이번 휴가 때 가야 할 곳, 죽기 전에 가봐야 할 곳을 누가 정해준다니…….

온다 리쿠의 소설에 빠져 사구砂丘가 있는 돗토리를 방문했다. 불행히도 우리가 여행했던 날은 사구를 보기에 적합하지 않은 악천후였다. 하지만 우리를 데려온 택시기사는 기왕에 왔으니 그래도 한번 둘러보라며 '산보'를 계속 권했다.

그 기억이 매우 불쾌하게 남았냐고? 천만에. 돗토리를 떠올릴 때면 서 있기조차 힘든 폭풍우에도 산보를 권하던 택시기사의 비장한 표정과 그만큼 안쓰러웠던 우리의 표정이 떠올라 늘 유쾌하게 웃는다. 여행travel의 어원은 말썽trouble이다.

최악의 시기에 최고의 기억을 만들어내는 게 여행이다.

여름에 가면 좋은 여행지는 겨울에 가도 좋다. 죽기 전에 가봐야 할 여행지는 누가 정해놓는 것이 아니라 우리 각자가 여행의 순간마다 우연처럼 발견하는 것이다.

#04

내가 여행에서 가장 좋아하는 공간은 시장과 골목이다. 조금 과장해서 시장을 다녀오지 않으면 그 도시를 여행한 것 같지 않다. 소소한 상행위라도 목격해야 직성이 풀린다. 상행위는 사람이 살아가는 데 매우 중요한, 그래서 흥미로운 부분이다.

시장에서 숨 쉬는 사람들과 그들의 얼굴에 새겨진 기하학적 무늬의 주름과 그 속에 담긴 수없이 많은 역사와 만나고 헤어지는 여행은 일상의 미학 그 자체다.

짧은 기간 머물렀다 떠나야 하기에 어디에 묵든 우리는 이방인이다. 어떤 여행지에서 조금이라도 살아보는 느낌을 갖고 싶다면, 그곳에 사는 사람들의 일상에 깊숙하게 들어가야 한다.
법정에서 흔히 쓰는 말로 '실체적 진실'이란 게 있다. 삶에 실체적 진실이란 것이 있다면 아마 골목과 시장 속에서 발견되지 않을까.

Shizuoka, Japan

#05

여행지에서 지도를 구입하는 건 이제 하나의 습관처럼 되었다.
스페인에서 산 바르셀로나 지도는 액자에 넣어 책상 옆에 걸어두
었다.

물론 여행 지도를 보고 내가 다닌 곳을 떠올리기란 쉽지 않다. 엑
스레이를 보고 누군지 알아보기 어려운 것과 같다.

하지만 지도는 가이드북에 쓰여 있지 않은 많은 것을 우리에게
들려준다.

Nice, France

Nice, France

예를 들어 파리처럼.

나폴레옹 3세가 파리 시장으로 임명한 오스만 남작은 곡선 위주의 파리를 지금의 직선 위주 도시로 바꾸었다. 심지어 센강에 있던 다리의 각도까지 조정하며 도시의 동서와 남북을 체계적으로 연결했다.

지금의 파리는 모두 당시의 결과물이다. 그런 역사적 사건과 그로 인한 영향은 전체 지도를 보지 않고는 실체를 파악하기가 매우 어렵다.

지도에는 맛집과 명소가 표시되어 있지 않을 수 있다. 하지만 어떤 가이드북도 알려주지 않는 진짜 삶과 역사가 담겨 있다.

Bangkok, Thailand

Staraya kniga
Nevsky Pr. 3

St. petersburg
map

→ Propaganda
poster

※ 제한장
Admiralteyskaya
mint edition book

St. Petersburg, Russia

#06

상트페테르부르크에는 좋은 서점이 많다.

종류도 다양하다. 편집숍 느낌의 세련된 곳도 있고 체호프나 마야 콥스키의 초판본을 아무렇지 않게 판매하는 고서점도 있다. 좋은 서점이 많아 시민들이 책을 사랑하게 된 것인지, 책을 사랑하는 시민들이 많아 좋은 서점이 많아진 것인지 모르겠지만 어쨌든 이 곳에는 좋은 서점도, 책을 사랑하는 사람들도 많다. 2차 대전 당시 독일군이 이 도시를 2년 넘게 포위했을 때 굶주림에 지친 사람들이 책을 끓여 먹었다는 기록도 있을 정도다.

책을 사랑하는 도시를 꼽자면 미국의 샌프란시스코도 빼놓을 수 없는데, 서점이 유명한 이 도시들의 공통점은 문화가 아주 풍부 하다는 것이다.

문화의 혜택을 받고 있다 보니, 즐길 거리 역시 많다. 문화가 풍부해 서점이 많은지, 책을 읽는 사람이 많아서 문화가 풍부해졌는지, 무엇이 먼저인지는 이 또한 알 수 없지만 서점이 문화의 중심 역할을 해내고 있다는 것은 분명해 보인다.

#07

바르셀로나 해양박물관 앞에서는 일요일마다 벼룩시장이 열린다. 해안을 면하고 있어 갯내가 풍기는 벼룩시장은 펼쳐진 풍광만으로도 흥미롭다. 그곳을 여기저기 기웃거리다 중년의 판매자가 무료하게 해바라기하는 좌판에서 이녹스크롬 만년필과 펠리컨 만년필을 발견했다. 판매자는 두 중고 만년필을 들었다 놓기를 반복하며 고민하는 내게 아무런 관심이 없었다.

나는 결국 이녹스크롬의 값을 치렀다. 5유로.

사실 둘 다 구입해도 전혀 부담스럽지 않은 금액이었지만 나는 끝내 펠리컨 만년필을 남겨두었다.

Barcelona, Spain

Barcelona, Spain

Barcelona, Spain

그간 여행을 통해 깨달은 것이 있다. 여행에는 모두 보고 즐겼다는 포만감보다 못내 돌아서는 아쉬움이 더 귀하다는 사실이다. 구입하지 않은 만년필에 대한 아쉬움은 여행지를 계속 그립게 만들 것이고 바르셀로나에 다시 가야 하는 작은 이유가 되기도 할 것이다.

물론 그때 포기한 만년필을 다시 만나기란 불가능할 것이다. 하지만 지금 이녹스크롬 만년필을 보며 바르셀로나에 대한 이야기를 떠올리듯 내가 두고 온 만년필은 또 누군가의 이야기가 되어주겠지. 그것은 또 그것대로 좋은 일이다.

이야기에 이야기를 덧대는 일. 벼룩시장의 매력은 바로 이런 소소한 사건들이 부딪치는 데 있다.

결코 만날 일 없는 것들이 만나면서 생겨나는 소란, 여행이란 게 원래 다 그런 것 아닌가.

#08

좋은 글을 쓰려면 연애편지 쓰듯 하라는 말이 있다. 설득의 대상
이 분명하고 간절히 전하고자 하는 바가 있기 때문에 글을 안 쓰
던 사람도 연애편지를 쓰는 순간만은 한 자 한 자 정성스레 써내
려가지 않던가. 같은 맥락으로 그런 편지를 받는 사람 역시 (편지
를 쓴 주인공에게 호감을 갖고 있었다면) 그 글이 아무리 비문투성이
악문이어도 매력을 느낀다. 모두 눈에 씐 콩깍지 덕분(?)이다.

노르웨이 오슬로의 어느 골동품 상점에서는 이름 모를 연인들이
주고받은 엽서를 판매하고 있었다.

"아니, 남이 쓴 연애편지 그거 뭐라고 돈까지 받고 팔아?" 따위의
말을 입 밖에 내서는 안 된다. 제3자의 눈에는 매력이 아닌 착각
이고 환상이지만 그것들이 그들에게는 서로를 사랑하게 만드는
도무지 알 수 없는 작용을 했을 테니 말이다.

여행은 세상을 입체적으로 이해한다는 것이고, 세상을 이해한다는 말은 세상 속에 살아가는 인간을 알아가겠다는 뜻이기도 하다. 그렇다면 누군가 팔려고 내놓은 엽서, 내 삶과 관계없어 보이는 메모 한 장이 바로 여행 아닐까.

Oslo, Norway

#09

나는 여행 중에 딱히 쓰고 싶은 말이 없는 날, 특별할 것이 아무것도 없는 날에 더 악착같이 쓴다. 근사한 레스토랑이나 유서 깊은 박물관쯤은 가줘야 여행이라고 여기는 선입견을 깨는 나만의 방식이다.

별스럽지 않은 것들, 사소한 것들을 기록하다 보면 앞으로 이렇게 소소하게 쓰고 그리면서 살아도 나쁘지 않겠다는 생각이 든다.

특별할 것 없는 일상의 작은 순간을 멋지게 도려내 잊을 수 없는 글로 남겨두는 것. 그 과정을 통해 쓸모없는 것들에 대한 사소한 긍정과 자신에 대한 상냥한 체념을 배운 덕분이다.

Seoul, Korea

Cappadocia, Turkey

#10

흔히 지구상에서 가장 사치스러운 독서는 여행지에서 그곳을 배경으로 쓰인 책을 읽는 것이라고들 한다. 가령 이탈리아 베로나에서『로미오와 줄리엣』을 읽거나, 시즈오카에서『이즈의 무희』를 읽거나, 영국 요크셔 지방에서『폭풍의 언덕』을 읽거나, 더블린에서『더블린 사람들』을 읽는 식으로.

생각만 해도 황홀한 풍경이다. 고개를 들었는데 소설의 배경이 눈앞에 펼쳐지는 감동이란.

그 감동을 느껴본 사람은 알 것이다. 이런 사치를 부리는 것은 여행지에서만 가능하고 삶에서 다시없을 경험이라는 것을.

#11

유럽의 거리를 걷는 도중에 갑자기 키 큰 사이프러스 나무가 보이기 시작한다면 그곳은 공동묘지일 확률이 높다. 사이프러스는 한 번 베어내면 다시 자라나지 않는다는 이유로 죽음을 상징하기 때문이다.

루마니아의 보석이라고 불리는 도시 시기쇼아라. 그곳에는 언덕 꼭대기에 위치한 공동묘지가 있다. 당연히 언덕 입구에는 사이프러스 나무가 우뚝 서 있다.

나는 그 언덕을 가볍게 산책했다. 이상하게 보일지 몰라도 여행지의 무덤을 걷다 보면 살아 있음을 실감한다.

방금 누가 다녀가기라도 한 듯 싱싱한 꽃이 놓인 묘지가 있는가 하면 한동안 사람 손길이 미치지 않았는지 잡초만 무성한 곳도 있었다.

Sighisoara, Romania

Sighisoara, Romania

망자를 자주 찾으며 잊지 않으려는 가족을 두었거나, 산 사람은 그래도 살아야 한다는 의지로 애써 들여다보지 않는 가족을 두었을 것이다. 그 어느 쪽이든 죽음 앞에 애를 쓰는 것은 똑같아 보인다. 방식은 어떠하든 죽음을 마주했던 힘으로 삶을 이어가려는 제 나름의 생존 노력일 뿐, 그 속에 옳고 그름이 거처할 공간은 없다.

#12

생경한 문자로 쓰인 간판이나 이정표는 '정보의 영역'이 아닌 '이국적 풍경'으로 다가온다.

불가리아와 루마니아 여행 때는 완벽하게 이국적인 느낌을 받았는데 특히 키릴문자를 사용하는 불가리아의 경우 알파벳 발음으로 읽어보려는 시도는 일찌감치 포기해야 했다. 그나마 루마니아 문자의 경우 내 얕은 영어 지식을 바탕으로 발음해도 이질성이 덜했는데 이는 루마니아가 발칸반도의 국가 중 유일하게 알파벳이라 부르는 로마문자를 사용하기 때문일 것이다. 이런 광경만 놓고 보면 언어가 민족을 하나로 묶어준다는 말이 제법 그럴싸하게 여겨지기도 한다. 하지만 그렇다면 두세 가지 언어가 동등한 지위를 누리는 벨기에나 스위스는 어떻게 설명할 것이며 특정 지역에서만 소수 언어가 더 힘이 센 캐나다(퀘백의 불어)와 미국(남부의 스페인어)의 경우는 어떻게 이해할 것인가.

OLD TOWN
BUCURESTI, Romania

Bucharest, Romania

나는 이런 것들이 재미있다. 정확히 말하면 내가 알던 것들에 균열을 내는 경험이 재미있다.

한 국가가 하나의 언어로만 이뤄지지 않았다는 깨달음은 글로도 얼마든지 배울 수 있지만, 가서 느끼는 '울려 퍼짐'과 글로 읽는 '수업'의 차이는 분명히 존재한다.

가서 보지 못하면 영원히 깰 수 없었을지도 모를 내 안의 틀. 여행은 낯선 것을 우리 안에 받아들이는 가장 효과적인 방법이다.

Sighisoara, Romania

The city Hall

near by Monestery Church
The edifice was erected between 1887 and 1888
There is a baroque style hall on the first floor
which houses the Academic Music Festival & many
other concerts performed by prestigious musicians

Sighisoara, Romania

SIGHIȘOARA
The Clock Tower

→ The main enterance of the citadel
Opposite to The Tailor's tower, was named after the clock
with figurines, unique in Romania, situated on the fourth floor

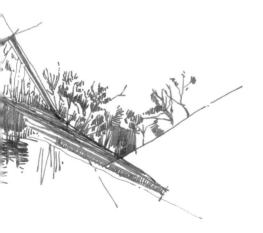

5

돌아온 후 추억할 수 있다면
우린 영원히 여행 중

©nekotomori

Riga, Latvia

#01

여행이란 떠나기 전의 설렘부터라는 말을 많이 한다.
그렇다면 일상으로 돌아온 후 추억을 떠올리는 일 역시 여행이라
부르지 못할 이유가 없다.

#02

사방이 어스레해진 퇴근길을 걷다가 시장기를 느껴본 사람이라면 알 것이다.

그때 밀려드는 감정은 서글픔이나 무서움이 아니라 내 삶에 예의를 차리고 있지 못하다는 모종의 자책과 회한이라는 것을.

일본 직장인들은 그럴 때마다 들르는 단골집을 한둘쯤 갖고 있다. 맛집과는 조금 다른 개념인데 그런 식당들은 대체로 옥호가 세련되거나 메뉴가 기가 막히지는 않지만 지친 마음을 달래주는 분위기가 가게 안에 흐른다. 흔히 노포老鋪라고 부르는 곳이다.

오래되어 오래 갈 수 있던 서울의 식당들이 하나둘 문을 닫는다. 일상의 위로를 받을 수 있는 곳이 오늘도 줄어들고 있는 셈이다.

Seoul, Korea

Osaka, Japan

#03

나는 작은 대화가 오가는 순간이 좋다.

그런 것들을 잊지 않으려 애쓴다.

니스의 멋진 해변이나 프로방스의 근사한 햇살도 삶의 잊지 못할 경험이겠으나 내 것은 아니다. 하지만 작은 대화, 시답잖은 농담은 누가 뭐라 해도 내 것이다. 나만의 시간과 내가 나눈 이야기가 모여 나만의 여행이 된다. 달리 무엇이 나만의 것일까.

기록해놓은 작은 대화들을 읽어보면 여행의 추억이 자연스레 딸려 나온다. 농담에 웃어주던 상대의 표정, 불어오던 바람, 몸을 감싸던 햇살 같은 것 말이다. 그것들을 떠올리게 하는 것은 역시 또 일상의 작은 대화이다. 추억의 실마리가 되어주는 대화 하나로 여행지를 선연히 떠올릴 때 나는 깨닫는다.

추억이란 결국 잊히는 게 아니라 엉켜 있다는 사실을.

#04

음식을 통해서 새삼 사람과 세상에 관해 깨닫게 된다.

언젠가 아끼는 후배 하나가 이런 문자메시지를 퇴근길에 보내왔다.

'밥숟가락 위에 온 우주가 얹혀 있다.'

야근으로 지친 마음을 위로해주는 맛은 '텔레비전에 나온 식당'
운운하는 곳에 있을까 아니면 들어서는 순간 나를 알은 체하며
반갑게 건네는 미소에 있을까.

Seoul, Korea

Seoul, Korea

허물어진 마음을 되메우는 데 여행만큼 좋은 것은 없고 여행지에
서 별미를 먹는 것은 큰 낙이다. 그 사실마저 부정하고 싶은 마음
은 없다.

하지만 일상의 나를 달래는 '별미'는 '새롭고 유명하다는 맛'보다
는 '오늘도 먹고 싶은 맛' 아닐까.

#05

세상은 나와 같은 속도로 영락하지만 낡아가는 동안에는 내가 세상과 한 몸임을 알기 어렵다.

결국 쇠락한 동네를 방문한 후에야 나도 그만큼 황량해졌음을 알게 되는데, 그 깨달음이 생각만큼 기분 나쁘지 않다. 닳고 닳은 상투지만 우리의 삶도 결국 너절하고 남루할 것이며 그래서 생의 모든 순간이 소중하다는 이야기를, 나와 같이 늙어가는 풍경이 들려주기 때문이다.

Seoul, Korea

#06

오늘도 소셜미디어에는 '여행지에서 꼭 사와야 할 열 가지 아이템' 이야기가 범람한다. 홍콩에서는 치약을, 동남아에서는 망고 과자를, 일본에서는 동전 파스를 사와야 한단다. 어떤 일본 약국 직원이 한국인들은 단체로 근육통을 앓고 있는 것 같다고 했다던데 그 이야기가 전혀 우스개가 아닐 것 같다.

돌아온 후 추억할 수 있다면 우리는 영원히 여행 중이다. 하지만 누군가 사오라고 찍어준 기념품에서 어떤 추억을 발견할 수 있을까.

Okayama, Japan

Tokyo, Japan

#07

예전에는 내 사진을 보면 당연히 사진 속 내 모습부터 보였다. 요즘에는 그보다 맞은편에서 나를 찍어주던 이와 그 사람을 둘러싼 풍경이 더 선연하게 떠오른다. 이유는 모르겠고 그냥 언제부턴가 그랬다.

나도 자라고 여행지도 변하고 내 주변도 나만큼 늙는다. 그것은 아쉽거나 붙잡아야 하는 게 아니라 그대로 즐기면 그뿐이라고 생각한다.

하지만 사진 속 나와 나를 찍어주던 이와 그 풍경은 그대로이니, 붙잡는 것은 붙잡는 대로 의미가 있는지도 모르겠다.

#08

아바나를 여행할 때의 기억 하나.

그곳에는 걷는 것 외에 달리 할 일이 아무것도 없다.
나는 목적지도 약속도 없이 아바나의 말레콘 방파제를 걸었다.
걷기만이 내 유일한 목적이었다.
어둑함이 어스름으로, 어스름이 희붐해지다 여명이 밝아올 때까지 나는 걷고 또 걸었다. 호텔이나 레스토랑을 찾지 않았고 지나가는 택시를 잡겠다고 두리번거리지도 않았다. 아무도 내 노래에 신경 쓰지 않고 노랫말을 알아듣지 못하므로 방파제 너머 플로리다 해협의 파도 소리를 박자 삼아 가요를 흥얼거리기도 했다.

그때 부른 노래가 김윤아 씨의 「봄날은 간다」였는데 지금도 그 노래를 듣거나 흥얼거릴 때면 쿠바의 아바나가 떠오른다. 한 도시가 음식이나 성당으로 기억되는 것도 의미 있겠지만 음악을 통해 기억되는 것도 꽤 낭만적임을 그때 알았다.

Havana, Cuba

#09

여행지의 그림은 다녀온 자와 떠나려는 자를 보기 좋게 잇댄다. 다녀온 자에게는 감정의 복기를, 여행을 꿈꾸는 이에게는 도시에 대한 제 나름의 상상을 하게 한다.

스페인 남부 도시 말라가를 여행할 때, 말라게타 해변을 담은 그림을 샀다. 바르셀로나를 기반으로 활동하는 일러스트레이터 하비로요Javirroyo의 작품이다. 펭귄북스나 랜덤하우스의 책에서 자주 마주친 이 유명 일러스트레이터의 작품을 말라가 시내 작은 서점에서 발견하고는 주저 없이 값을 치렀다.

그림을 액자에 넣어 현관문에 걸어두고 출근할 때마다 이 녀석을 본다.

그림이 들려주는 이야기야 별스러울 것이 있겠는가.

"오라! 당장! 스페인으로!"
단지 그것뿐이다.

Malaga, Spain

Malaga, Spain

Bucharest, Romania

#10

나는 선물은 스토리텔링이라고 여겨 선물보다는 그 속에 들어 있
는 편지가 더 중요하다고 믿는 사람이다. 진부해 보일 수도 있지
만 나의 이야기를 타인과 잇대어 사는 것이 낡고 구차한 방식이
라면 나는 평생 그렇게 살고 싶다.

Sapporo, Japan

#11

후배와 모처럼 저녁 식사를 했다. 후배는 얼마 전 자신이 실연失戀한 이야기를 들려주었는데 녀석은 그렇게 달콤한 말을 건넸던 상대가 하루아침에 다른 사람이 되었다는 사실을 받아들이지 못했다. 아마 한동안 그 사실을 인정하기가 쉽지 않을 것이다. 정 끊는 가위가 있는 것도 아니고.

사귈 때 아무렇지 않게 건넸던 달콤한 말은 이별 후에 모두 그만큼의 거짓말로 쌓인다. 사랑의 밀어蜜語가 빚으로 돌아오는 것은 세상 모든 헤어진 연인들의 숙명이다. 누구의 잘못이랄 것은 없다. 굳이 잘잘못을 따지자면 완전한 연인을 믿어 의심치 않았던 완벽한 착각 탓이다.

우리는 가끔, 가보지 못한 여행지에도 이렇게 완벽한 착각을 하고 있지 않은가.

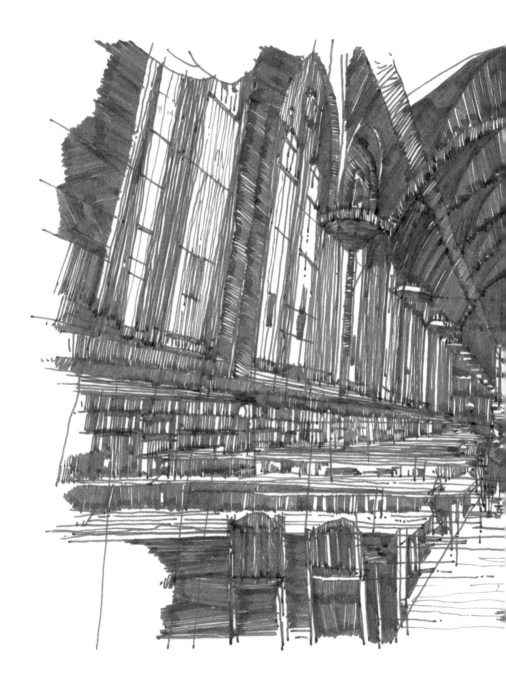

Seattle, U.S.A

#12

동경대학교와 함께 일본에서 노벨상 수상자를 가장 많이 배출한 자타공인 세계 최고의 기초과학 명문인 교토대학교는 이공계열 신입생들에게 꼭 물어보는 질문이 있다고 한다.

'과학에 관심을 갖게 된 계기가 무엇인가?'

화학과 답안자 중에는 흥미롭게도 어린 시절에 본 '하나비(불꽃축제)'를 언급하는 학생이 많다고 한다. 아름다운 불꽃을 내 손으로 직접 만들어보고 싶다거나 내 눈앞에서 확인하고 싶다는 것이다. 물론 이도 저도 아닌 그냥 '너무 예뻐서'라는 이유도 다수라고 한다. '예뻐서 좋아진 마음'이 교토대학교까지 오게 만든 것이다.

흔히 과학은 감성이 배제된 영역이고 미美는 예술의 영역으로만 생각하기 쉽지만 그런 것과 상관없이 누구에게나 아름다움에 대한 집착은 있다. 다만, 저마다의 기준이 다를 뿐이다.

'예쁜 곳'을 찾아 떠나는 모두의 행선지가 제 나름으로 다를 수밖에 없는 이유이기도 하다.

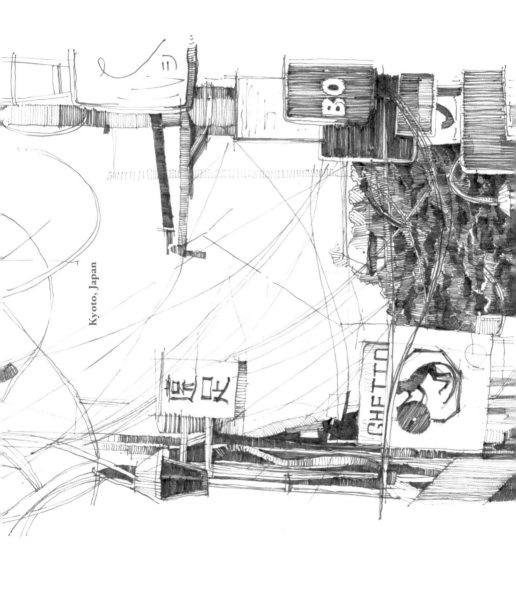

Kyoto, Japan

언젠가 방송국에서 연락이 왔다.

한 지상파 방송국 작가라고 자신을 소개한 발신인은 내 만년필 그림이 무척 인상적이라며 무슨 일을 하는지, 여행은 자주 가는지, 갈 때마다 여행지를 그림으로 남기는지 따위를 물었다.

"뭐, 평범한 월급쟁이고요. 출장이나 여행을 가면 대체로 풍경을 그리는 편이죠. 사진을 찍기도 하지만 아무래도 이 그림이라는 게……."

늘 듣던 질문이라 늘 하던 대답을 나오는 대로 지껄이던 나는 정신을 차리고 "아, 그런데 어떤 프로그램이라고 하셨죠?"라고 뒤늦게 물었다.

"저희는 「세상에 이런 일이」라는 프로그램을 만들고 있습니다."
"아……."

흐음. 언젠가 「명견만리」나 「뉴스룸」의 섭외를 준비해온 나로서는 예상하지 못했던 상황이었지만, 뭐 어쨌든 방송은 방송이고

220

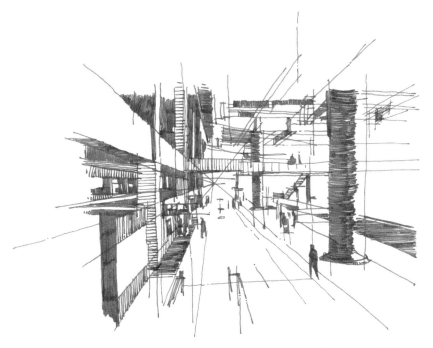

STEEL & REINFORCED CONCRETE
1BASEMENT + 4 STORIES

Osaka, Japan

게다가 지상파니까 하는 심정으로 통화를 이어갔다. 우선, 평소에 (거의라고 해도 좋을 만큼) 텔레비전을 보지 않지만 「세상에 이런 일이」라는 프로그램에 대해 조금쯤 알고 있었기에 조심스레 질문했다.

"그런데 제가 잘 몰라서 그러는데 그 프로그램은 원래 철사만 먹는 사람이나 돈 주면 장 봐오는 강아지가 나오는 데 아닌가요? 사실 저는 뭐 그렇게까지 희귀하지는 않아서 만년필 그림만으로는 '세상의 이런 일'이 되기는 좀 부족할 듯한데요. 혹시 제가 모르는 사이에 프로그램 성격이 좀 바뀌었나요?"
"아, 아녜요. 꼭 그렇게 특이하지 않아도 돼요. 요즘에는 아주 특이한 사람이나 동물보다 '특별한 이야기'를 더욱 찾고 있는 편이라 전화 드렸어요."

그렇군. 조금은 안심이었지만 그래도 의심을 거두지 못한 내가 거듭 질문했다.

"흠, 그래요? 그럼 최근에 방영된 소재와 제가 출연 승낙했을 때 함께 편성 예정인 아이템이 뭔지 알 수 있을까요?"

"아, 네……. (수첩 뒤적거리는 소리 들림) 최근에는 무술 신동이 방송됐고요. 출연 승낙하시면, 어디 보자……. 천재 앵무새랑 같이 나가실 거예요."

응? 무슨 앵무새? 잠깐, 어이 어이 그건 아니지. 그냥 앵무새도 아니고 무려 천재 앵무새와 나란히 출연하는데 앉아서 만년필로 그림만 그려서는 결코 주목받을 수 없잖아. 그림 그리다 말고 맛이 궁금하다며 만년필을 씹어 먹거나 잉크를 마시거나 해야 한다고. 그리고 의사로부터 "이상은 없지만 앞으로도 계속 잉크를 마시면 철분 과다(만년필 잉크에는 철분이 많다)로 건강이 위험할 수 있습니다." 따위의 이야기를 듣게 되겠지.

나는 신동도 아니고 천재 앵무새에 누가 되고 싶지 않다며 전화를 끊었다.

몇 주 후 우연히 시청하게 된 「세상에 이런 일이」에는 천재 앵무새와 드리블을 자유자재로 구사하는 웰시 코기 이야기가 방영되고 있었다.

Osaka, Japan

KANSAI AIRPORT INTERNATIONAL
BY RENZO PIANO

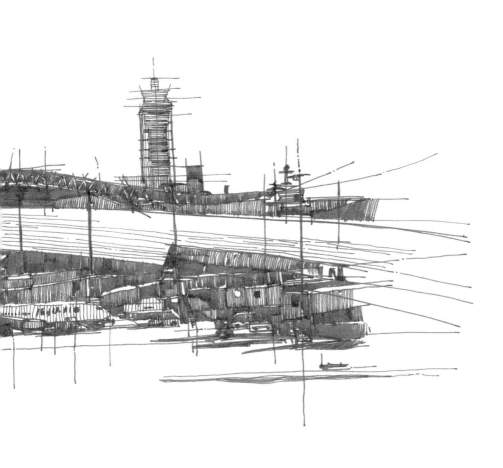

서재에서 그림을 그리다 그 모습을 보게 된 나는 "그래, '세상의 이런 일'은 저런 녀석들에게 맡겨두자고." 하며 그리던 그림을 마저 그렸다.

나는 앞으로도 '이런 글은 나도 쓰겠다' 혹은 '이런 그림은 나도 그리겠다'에서 '이런 글'과 '이런 그림'이나 맡을 예정이다. 글과 그림으로 누군가에게 감동과 재미를 줄 수 없다면 자신감이라도 주면서 살고 싶다. 그렇게 부지런히 계속 쓰고 그릴 테니 여러분은 고샅고샅 다니며 쓰고 즐기시길! 굿 럭!

Saga, Japan

Kyustendil, Bulgaria

Bratislava, Slovakia

Cracow, Poland

아무것도 하지 않아도 괜찮은

: 떠나올 때 우리가 원했던 것

초판 1쇄 발행 2018년 2월 15일 초판 4쇄 발행 2018년 6월 5일

지은이 정은우
펴낸이 연준혁

출판 1본부 이사 김은주
출판 7분사 분사장 최유연
편집 이소중

펴낸곳 (주)위즈덤하우스 미디어그룹 출판등록 2000년 5월 23일 제13-1071호
주소 경기도 고양시 일산동구 정발산로 43-20 센트럴프라자 6층
전화 031)936-4000 팩스 031)903-3893 홈페이지 www.wisdomhouse.co.kr

값 13,800원   ISBN 979-11-6220-288-3 03810

국립중앙도서관 출판시도서목록(CIP)

아무것도 하지 않아도 괜찮은 : 떠나올 때 우리가 원했던 것 / 지은이: 정은우. — 고양: 위즈덤하우스 미디어그룹, 2018
p. ;   cm
ISBN 979-11-6220-288-3 03810 : ₩13800
수기(글)[手記]
818-KDC6
895.785-DDC23   CIP2018003579